AF189219

Guten Heiligabend...

Ich hoffe euch eine kleine Freude mit diesem Buch zu machen. Vielleicht für eine halbe Stunde nach dem Gänsebraten, als Einschlaflektüre oder für den nächsten Sommer am Strand, wenn Weihnachten nur noch Erinnerung ist...

Alles Liebe Rolf

# O Wei Oh Weihnachten

**Skurrile Weihnachtsgeschichten von Rolf Kremming**

# Der Weihnachtspickel

Zweiter Weihnachtsfeiertag in einer
Kreuzberger Wohnung. Ungläubig starrte sie in
den Spiegel. Das darf doch nicht wahr sein.
Sabrina schloss die Augen. Zum dritten Mal
innerhalb der letzten zehn Sekunden. Und
wieder hoffte sie auf ein Wunder. Auf ein
kleines wenigstens. Schließlich war heute der
zweite Weihnachtsfeiertag. Sie hoffte, einer
Sinnestäuschung zum Opfer gefallen zu sein.
Doch auch diesmal war ER wieder da. ER, der
dicke rote Pickel, links neben der Nase, auf
halber Höhe zwischen Nasenflügel und
Oberlippe. ER sah verdammt nicht witzig aus.
Die Wölbung in seiner Mitte dunkel, mit einem
kleinen hellen Fleck obendrauf. Verdammter
Mist, dachte Biene. Warum muss immer mir
sowas passieren? Und dann noch im
ungünstigsten Moment. Und das dieser
Augenblick der denkbar Dümmste war, lag auf

der Hand. Noch eine gute halbe Stunde, dann würde sie vor Jens stehen, lächeln und ihm sein Geschenk in die Hand drücken. Einpackt in rotem Papier mit Weihnachtssternen drauf und grüner Schleife drum. Und verträumt würde sie gucken. So verträumt wie die Schauspielerin in dem Fernsehfilm, den sie gestern gesehen hatte. Erst hatte die Frau den Mann angelächelt, dann hatte er sie in die Arme genommen und geküsst. Auch das hatte sie mehr als einmal geübt. Dieses Lächeln. Und nun machte ihr dieser blöde Pickel einen Strich durch die Rechnung. So kann sie sich unmöglich mit ihm treffen. Sie würde krank werden. Ja, das war die Lösung. Sie würde Jens anrufen und sagen, sie hätte eine schwere Grippe und wolle ihn nicht anstecken. Er würde denken, wie rücksichtsvoll sie sei. Nein, das würde er überhaupt nicht denken. Er wäre sauer und schwer enttäuscht sie nicht zu sehen. Hoffte sie jedenfalls. Nein, keine Grippe. Zu gefährlich. Was würde er denken, wenn er sie morgen beim Einkaufen im Supermarkt träfe? Außerdem lügt man nicht. Und frau schon gar nicht. Haben wir nicht nötig. Biene seufzte. Aus tiefsten Herzen. Sogar ihr neuer BH zitterte. Ohje, das Preisschild ist auch noch dran. 19 Euro 99. Warum die immer so krumme Zahlen machen? Vielleicht könne sie sich auch ein Tempotuch  vor das Objekt Pickel halten. Aber was macht sie, wenn er sie küssen will? So ganz leidenschaftlich und so? Auch keine Lösung. Vielleicht die Weihnachtmannmaske mit dem Wattebart, mit der Onkel Friedbert am Heiigabend ihren Sohn Jordan erschreckt hatte? Geht auch nicht. Beim Küssen fusselt es. Ich hab's. Ich ruf ihn an und schlage vor, wir treffen uns im „Osram". Die Kneipe ist so dunkel, als hätten sie dort noch nie was von elektrischem Licht gehört. Und wenn sie noch ein wenig mehr Make up drauf tupfen würde, wäre das die Lösung.

Jordan bummerte mit seinen Fäustchen gegen die Badezimmertür. Was soviel wie „mach endlich auf, Mama" hieß. Biene war kinderlieb. Aber nicht gerade jetzt. Der Pickel hatte bedrohliche Formen angenommen. Nein, nicht wirklich. Doch in Bienes Augen war aus dem Zwerg ein Riese geworden. Eine Mutation unglaublichen Ausmaßes hatte sich vollzogen. Jordan hatte es inzwischen aufgegeben gegen die Tür zu hämmern. Er saß bei Oma auf dem Schoß und löffelte Nougatcreme aus dem Nutellaglas. Auf dem Teppichboden raste ein Feuerauto mit Sirene im Kreis. Das Geschenk vom Weihnachtsmann.

„Wo ist das scheiß Make up grummelte Biene vor sich hin. Ihre Finger wühlten im Regal herum, stießen erst gegen die Nivea-Lotion, die daraufhin auslief, dann riss sie das Glas mit den Q-Tips um. Diesmal fluchte sie schon lauter und genervter. Die weißen

Dinger fielen zu Boden und bildeten ein seltsames Muster auf den graugrünen Fliesen. Für einen Moment überlegte Sabrina, ob sie sich bücken solle oder nicht. In Anbetracht der Tatsache, dass sie noch zwanzig Minuten Zeit hatte, und das auch nur, wenn sie eine Viertelstunde zu spät käme, entschied sie sich fürs Liegenlassen. „Warum bin ich nur so ein verdammter Langschläfer und habe den Rest Tages getrödelt", maulte sie und übte danach noch einmal das bewusste Lächeln. Der Pickel spannte. Als sie endlich die Tube mit der Schminke fand, schlug die Turmuhr sieben Mal. Schnell ein Klecks auf das Ding an der Backe, Jordan einen Kuss gegeben, der Mama zum Abschied zugewinkt, dann war Biene weg. Fast hätte sie dabei noch den geschmückten Weihnachtsbaum umgerannt. Als sie zwei Minuten später zu Jens ins Auto stieg war sie noch ganz außer Atem. Aber sie war sich sicher, dass Jens ihren Pickel nicht sehen würde. Als Weihnachtsgeschenk hielt er ihr ein Duft-Plastiktannenbäumchen unter die Nase. Dass dabei das Licht der bunten Kerzen ihr Gesicht erhellte, war nicht ganz in Bienes Sinne.

„He, was hastn da?" Jens lachte, nahm ihr Gesicht zwischen beide Hände und küsste sie genau auf die Mutation.

„Sieht schlimm aus...nöö?, fragte Sabrina kleinlaut. „Ach iwo", is doch lustig. Hatte ich letzte Woche auch. Allerdings am Arsch und noch viel größer."

# Herr und Frau Appeldoorn

Frederic Appeldoorn überlegte seit
geraumer Zeit, wie er seine Frau los werden
könne. Undzwar für immer. Nicht das
Appelddorn sie hassen würde, so weit war es
noch nicht, aber lieben, nun ja, das tat er sie
auch nicht mehr. Und manchmal fragte er
sich auch, ob er das überhaupt jemals getan
habe. Heiligabend vor drei  Jahren hatten sie
geheiratet. Es war ein schönes Fest
geworden. Den Kuss unter dem
Weihnachtsbaum hatte er nicht vergessen.
Ihre Köpfe hatten sich in den goldenen,
blauen und roten Kugeln gespiegelt. Danach
hatten sie sich bei Kerzenschein gegenseitig
das Ja-Wort gegeben. Die ersten Monate
waren glücklich gewesen. Doch danach hatte
sie einen schlechten Einfluss auf ihn
ausgeübt. Frau Appeldoorn war jünger als

Herr Appeldoorn. Um genau zu sein, waren
es 19 Jahre, elf Monate und vier Tage.
Wobei die vier Tage keine so große Rolle
spielten. Sie sagten einander Herr und Frau
Appeldoorn und gingen respektvoll
miteinander um. Er hielt ihr die Tür auf, ließ
ihr, in Momenten, in denen es angebracht
war, den Vortritt und trug den Schirm, wenn
es regnete, obwohl er sich dabei so
ungeschickt anstellte, dass er selbst nass
wurde. Auch gab er ihr, da sie selbst nicht
arbeitete, sein ganzes Gehalt, damit sie sich
schöne Dinge kaufen konnte. Mal eine Bluse
mit Rüschen, die er grottenhässlich fand und
verabscheute; mal ein zu enges Kleid, weil
das Marzipankonfekt seine Spuren
hinterlassen hatte. Er sah, so glaubte er,
über vieles hinweg, auch wenn er dafür hin
und wieder seine Brille absetzen musste.
Manchmal störte ihn ihre schnelle
Entschlussfreudigkeit, die zuletzt dazu

geführt hatte, dass sich Appelddorns zum zweiten Hochzeitstag ein viel zu teures Auto gekauft hatten. Und dann noch in knallorange mit offenem Dach und weißen Sitzen. Was so gar nicht seiner Mentalität entsprach, die eher zögerlich war und sich mehr in Zurückhaltung als im Auffälligkeiten zeigte. Um ihr eine Freude zu machen, hatte er den Wagen mit Tannenzweigen geschmückt, weil es doch Weihnachten war. Sie hingegen lachte ihn für seine romantische Ader aus.

Frau Appeldoorn lobte seinen Sachverstand, erbat seinen Rat bei der Frage, welche Partei sie wählen solle und machte ihm keinerlei Vorwürfe, wenn die Lottozahlen, die sie ihn hat ankreuzen lassen, mal wieder nicht die richtigen waren. Auch war sie großzügig, wusste Frau Appeldoorn von sich zu berichten. Sie strickte ihm jedes Jahr einen Schal, der in Klarsichtfolie verpackt unter dem Plastikweihnachtsbaum lag. Zuletzt einen blauen mit jeweils weißen Streifen an beiden Enden. Fransen hatte er keine, denn Fransen konnte Herr Appeldoorn nicht ausstehen. Auch nicht an dem neuen Teppich, 2,52 mal 3,48 im türkischen Muster, den sie trotz seines schweigsamen Protestes, gekauft hatte und an dem er nun jeden Tag artig die Fransen kämmte. Hatte sie sich früher an seiner Zögerlichkeit gestört, hatte sie nach wenigen Monaten darin einen Vorteil für sich erblickt. Nun genoss sie die Art und Weise, wie er langsam und bedächtig an die Dinge heranging.

   Von außen betrachtet eine Ehe voller Liebeswürdigkeiten, gäbe es da nicht ein paar Dinge, die dem einen am anderen nicht behagten. Da waren erst einmal die Kochkünste von Ingrid, die, wie er fand, ans Außerirdische grenzten. Doch er schwieg. Warum sollte er sie unnötig verletzen. Also gewöhnte er sich an dass, was er in heimlichen Stunden Fraß nannte. Auch das sie nach jedem zweiten Satz „was?" fragte, störte die Harmonie von Woche zu Woche mehr. Und der Vorschlag, seinen Freund Jonny, Hals-Nasen-Ohrenarzt in Lichtenrade, aufzusuchen, führte zu weiteren Verwerfungen in hrer Ehe. Doch das Entscheidende war, hätte man ihn gefragt, ihre Abneigung gegen jede Art von sexueller Annäherung. Sie war unverdrossen in der Abwehr jener Handlungen, die Man/Frau gemeinhin und gemeinsam ausführten. Hatte sie anfangs der Ehe noch ein paar Mal sein Glied berührt und es sich in der Stellung der Missionare eingeführt, so verweigerte sie nun gänzlich jede Art von Hingabe. Eine Lösung schien nicht in Sicht. Das Frau Appeldoorn Herrn Appeldoorn im Stillen einen Spießer und Dummkopf nannte, wusste er nicht. Und dass er sich Appeldoorn seit geraumer Zeit mit der Möglichkeit eines abrupten Endes dieser Zweisamkeit beschäftigte, ahnte sie wiederum nicht. Wie gesagt, Appeldoorn nahm die wichtigen Dinge im Leben schweigsam und bedächtig in Angriff.

Eines nachts, er konnte mal wieder nicht schlafen, erschien ihm die Lösung des Problems in Form eines weißen Pülverchens für möglich. Vor dem sonntäglichen Frühstück würde er in die Garage gehen, die Tüte mit Pflanzengift nehmen, das Frau Appeldoorn für ihre Ziersträucher und Rosenhecke benutzte. Ein wenig davon auf die zwei Hälften des Mohnbrötchen, die untere mit Honig, die obere mit Kirschkonfitüre, würden genügen. Die ehelichen Probleme wären für immer gelöst. Mit diesem Gedanken kehrte die Müdigkeit zurück und Appeldoorn verfiel in einen traumlosen Schlaf.

Beim Frühstück am nächsten Morgen, es war der Heilige Abend und somit Frau und Herrn Appeldoorns dritter Hochzeitstag verspürte gleich nach dem zweiten Bissen in die untere Hälfte des Brötchen, die mit dem Waldhonig, ein Ziehen im Magen. Von dem weißen Pülverchen, das Frau Appelddorn zwischen der irischen Butter und dem Honig gemischt hatte, schmeckte er nichts. Wie gesagt, Appeldoorn brauchte für eine Entscheidung manchmal sehr lange...diesmal zu lange. Den Heiligabend verbrachte Frau Appeldoorn mit ihrem Liebhaber dann unter dem leuchtenden Tannenbaum.

# Lydias wundersame Wandlung

Als Lydia beschloss solide zu werden, war sie  fast 33 Jahre alt. Es war der 14 November. Noch sechs Wochen bis zum Heiligen Abend und ihrem Geburtstag. Draußen war es kalt und nass und hin und wieder schwirrte eine Schneeflocke am Fenster vorbei. Lydia saß am Kamin und strickte. In den letzten acht Jahren hatte sie von Männern gelebt. Männer, die Lust durch Leid erfuhren. Lydia war eine gefragte Domina. In dem schwarzen Zimmer ihres Studios hingen siebenschwänzige Peitschen neben Rohrstöcken verschiedener Stärke, Länge und Material. Und Handfesseln in Messing mit schwarzem Lack.  Es gab ein Andreaskreuz, einen Holzbock zum Drüberlegen und eine Art Marterpfahl, wie die Sioux ihn besessen hatten.  Es gab auch

Daumenschrauben und einen Richtbock für besonders schwere Fälle. Lydia war für jede Situation gerüstet. Auch seidene Tücher in rot, blau und grün benutzte sie oft. Sie verband ihren Kunden die Augen, um sie orientierungslos zu machen, was angeblich ebenfalls die Lust steigerte. Lydia strafte wie eine strenge Lehrerin oder drohte wie ein cholerischer Chef. Sie konnte sich aufführen wie eine eifersüchtige Ehefrau und, wenn es sein musste, auch zuschlagen wie ein Boxer. Acht Jahre hatte Lydia ihre Macht ausgelebt und Männer auf Verlangen gequält. Sie hatte ehrbare Ehemänner beschimpft, Politikern das Fürchten gelehrt und Polizisten gefoltert. Doch jetzt war es an der Zeit, sich von all jenen Dingen zu trennen, die sie als Requisiten ihres früheren Lebens betrachtete. Den Hinrichtungsbock und den Marterpfahl verkaufte sie an einen früheren Kunden, der das Spiel jetzt privat mit seiner neuen Freundin trieb. Die Ledermasken kaufte ein Cafehausbesitzer, wo sie nun an der Wand direkt über dem alten Plüschsofa hingen. Hier, so meinte er, würden sie richtig zur Geltung kommen. Rohrstöcke und Peitschen erstand das städtische Gesundheitsamt für eine Ausstellung. Für das Andreaskreuz fand sich auf die Schnelle kein Käufer und so landete das Möbelstück zersägt und aufs Kleinste minimiert, in einem, ein paar Straßen weiter stehenden Müllcontainer. Von den Handfesseln wollte sie sich noch nicht trennen...man weiß ja nie. Sie versteigert ihre Lack- und Lederkleidung bei ebay und wurde stattdessen Kundin in einer teuren Boutique. Statt der schwarzen Lederstiefel trug sie von nun an weiße Pumps, statt Lederweste und Nietenhalsband eine weiße, hoch geschlossene Rüschenbluse, dazu einen knielangen Rock und Ohrringe mit Brillanten.

So ausstaffiert saß sie auf dem Plüschsofa im Cafe und gabelte an einem Stück Käse-Sahne-Blaubeer-Torte herum. Das neue Leben gefiel ihr. Es machte die Seele munter. Gerade kam der zweite Cappuccino, als sie der Herr vom Nebentisch ansprach. Erst schwätzte er belangloses Zeug, redete das Wetter besser als es war, dann verriet er ihr, dass er seit Neuestem wieder Single sei.

Aha!

Danach schwieg er. Aber Lydia verstand das Schweigen und noch am selben Abend gingen sie zum Essen in ein feines Restaurant. Trimilierte Fasanenbrust in Eierlikör mit einem Hauch von Cafegeschmack. Der Nachtisch bestand aus dick geschnittenen Scheiben Fürst Pückler Eis in grüner Pfeffersauce. Der Abend war schön, nicht einmal der bedauernswerte Zwischenfall, als einer ihrer früheren Kunden vom Tisch 13 winkte und ein Stirnrunzeln ihres neuen Verehrers verursachte, konnte die Stimmung nachhaltig trüben.

Lydia lernte schnell einen Mann zu verwöhnen, anstatt ihn zu verhauen. Statt barscher Worte säuselte sie nun Liebeleien. Statt harter Zurechtweisungen vergab sie Lob. Durch Wanfried, so hieß ihr neuer Verehrer, entdeckte sie ein neues Leben. Es machte ihr plötzlich Spaß zu kochen, gemeinsam zu essen und im Bett zu kuscheln. Einen Tag vor Weihnachten nahm sie die letzte Handfessel aus dem Wäscheschrank, steckte sie in einen wattierten Umschlag und schickte sie an Norbert, einem früheren Kunden, der auf fesselnde Liebe stand. Nun gab es keinen Zeugen mehr, der sie an Vergangenheit erinnerten.

So, morgen beginnt mein neues Leben. Wanfried und ich...und sonst keiner. Als sie am nächsten Abend den liebevoll

Tannenbaum mit 33 Kerzen sah, rannen ihr Tränen über die ungeschminkten Wangen. Gerührt hauchte sie ihrem Wanfried einen Kuss auf die Lippen. Beim Auspacken der Geschenke zitterten ihre Hände. Bei der durchsichtigen Bluse lächelte sie, bei den lila Strapsen schaffte sie es, leicht zu erröten. Das letzte Geschenk war besonders liebevoll verpackt. Sonnigrotes Papier mit Elch und Schlitten drauf, umwickelt mit einem blauen Band mit güldenen Fäden. Vorsichtig zog sie die Schleifen auf.. Lydia hielt den Atem an, als ahne sie etwas von dem, was sie erwarte. Nein....doch....Der letzte Zipfel des bunten Papiers raschelte sich fort. Die Stille, die nun folgte, wurde unterbrochen von einem metallischen Gerassel.

Als Lydia zwei Minuten später ihrem Wanfried die Fesseln anlegte, lächelte er sie glücklich an...

# Mord im Altersheim

Heiligabend 2017. Altenheim Lebensglück.
„Haben Sie schon gehört, Willi ist tot?"
Alwines dünne Lippen befanden sich nur
wenige Millimeter von Grete Siegfrieds Ohr
entfernt. Die Zweiundachtzigjährige, im zart
rosa geblümten Kleid, nickte. „Ja ja, ich weiß.
Früher war das Wetter immer besser. Dann
schaufelte sie mit zittriger Hand ein paar
Löffel des Linseneintopfs mit Speck in sich
hinein. Grete Siegfried hatte zwar ihr Gehör,
aber nicht ihren guten Appetit verloren. Doch
Alwine, auch die Neugierige genannt, ließ
nicht locker. Zwischen dem nächsten
Eintauchen des Löffels mit der Prägung
„Haus Lebensglück" in denTeller und dem
Heranführen an Gretes Lippen, versuchte es
Alwine ein zweites Mal. Diesmal in einer
Lautstärke, das die Teller und Tassen in der

Küche klirrten und sogar die Kugeln am Weihnachtsbaum hin und her schwangen.

„Willi ist tot", brüllte sie noch einmal. Diesmal so laut, das ihr eigener Dutt zu zittern begann und die Haarspange, ein Geschenk ihres neunjährigen Ur-Enkels, mit einem leisen Klick-Klack aufsprang.

„Passen Sie doch auf. Ihr Haar fällt gleich in meine Suppe", erregt sich Oma Siegfried und verzieht entrüstet ihr faltiges Gesicht. Dann hält sie mitten in der Bewegung inne, kippt den Löffel langsam vor und die dunklen Linsen samt einem Stückchen Speck plumpsen in den halbvollen Teller zurück.

„Willi ist tot? Naja, er hatte schon immer ein schwaches Herz und..."

„...nein, nein, es war nicht sein krankes Herz. Er ist erschossen worden. Heute nacht", fällt ihr Alwine aufgeregt ins Wort.

„Ich habe nichts gehört", erklärt Grete und schüttelt den Kopf. Dann lässt sie den Löffel in die Suppe fallen, dass es über den Tellerrand spritzt. „Ich weiß wer es war. Es war ...", erklärt sie mit zittriger Stimme und bricht mitten im Satz ab.

„Wer hat ihn umgebracht?"

Grete Siegfried schien die Frage nicht gehört zu haben. Sie starrte auf die Tischdecke, schien die unzähligen Flecken zu zählen, und ihr ohnehin schon runzliges Gesicht legte sich in noch tiefere Furchen. Für einen Moment blickte sie geistesabwesend in die Luft. Dann wurden die zweiundachtzigjährigen Augen so lebendig wie vor 60 Jahren, als sie ihren Alfons, Gott hab in selig, auf dem Bockbierfest zum ersten Mal geküsst hatte.

„Wer ist es, so sagen Sie es doch", bohrte Alwine weiter. Während Trudchen Trulla am geschmückten Weihnachtsbaum stand und auf ihrer Blockflöte „O Tannebaum" spielte, sprang Grete mit einer Behändigkeit vom

Stuhl auf, die ihr keiner zugetraut hatte. Sie strich ihr geblümtes Kleid von den Schultern abwärts glatt und verließ den Gemeinschaftsraum. Die Dielen des Speisesaales knarrten unter ihren Schritten. Alwine blickte der kleinen Gestalt hinterher. Die schlürfte schnurstracks in Richtung Büro, packte die Klinke und riss die Tür ohne anzuklopfen auf. Der Mann hinter dem Schreibtisch zuckte und verstaute hastig ein paar Papiere unter der Ablage.

„Was wollen Sie hier? Ich habe keine Sprechzeit", herrschte er Oma Grete an, die an der Tür stehengeblieben war. Das Gesicht des Heimleiters hatte die Farbe eines Blumenkohls angenommen. Nur die Rötung der Nasenspitze verriet seine Erregung. Erst jetzt bemerkte er, dass die schwerhörige Grete vor ihm stand und seine Worte auf taube Ohren stießen.

„Blöde, alte Kuh", sagte er ihr ins Gesicht und lächelte.

„Ich muss sie sprechen, jetzt sofort", sagte Grete und trat ein und schloss die Tür.

„Was bildest du dir ein, alte Schrapnelle", stieß der Mann hervor und sprang wütend auf. Doch als Oma ein Stück Papier aus ihrer Tasche zog und es ihm unter die Nase hielt, wurde Carlos Bertram, Geschäftsführer vom „Haus Lebensglück", noch blasser, als er es ohnehin schon war. Als Oma Grete das Büro verlassen wollte, schrie der Mann hinter dem Schreibtisch. „Heh, warte mal...", Doch Grete war schon auf dem Flur, drehte sich jedoch noch einmal um. „Ich bin jetzt müde und gehe in mein Zimmer. Aber morgen zeige ich Sie bei der Polizei an."

Willis Tod war das einzige Thema unter den fast achtzig Heimbewohnern. Ein Mord im Altersheim, und noch dazu in ihrem. So etwas Aufregendes hatten sie  schon lange nicht erlebt. Da wurde Opa Gerhardt zu Derrick, Oma Elfi zu Miss Marple und James Bond 007 könnte von Großvater Herrmann noch so manches lernen.

„Iss doch janz klar, det kann nur een Einbrecha jewesen sein", verkündete einer und kippte vor Aufregung seinen Malzkaffee um. Dabei wurde die Batterie seines Herzschrittmachers nass, und beinahe hätte es noch einen zweiten Toten gegeben.

„Erzählen Sie keinen Blödsinn. Von wegen Einbrecher. Das ich nicht lache. Keine einzige Bruchspur am Fenster. Ich habe das selbst geprüft", erklärte Johannes mit der Glatze, und der musste es wissen, denn schließlich war er ein Wachmann a. D.

„Quatsch, das war Mord aus Eifersucht. Als Täter kommt nur eine Frau in Frage" war die These von Gräfin Elfi, von allen nur „Blondie", genannt. Sie war 95 und hatte einen eigenen Friseur, der jede Woche ihre Haare wartete.

„Du liest zu viele Liebesromane, meine kleine Gräfin. Dir fehlt es an Realität", erklärte Phillipp, Ende achtzig und noch immer ein Charmeur.

Die einzigen beiden, die sich an diesen Spekulationen nicht beteiligten, waren die schwerhörige Grete und Arthur, ihr Tischnachbar zur linken. Er zerbröselte mit den Fingern den Sandkuchen und verzog angewidert das Gesicht.

„Was meinst du denn Arthur?", fragte ihn sein Gegenüber.

„Nichts, ich kann dazu nichts sagen. Der Kuchen ist wieder so trocken, das es beim Sprechen staubt."

Dann stand er auf, nahm Gretes Arm und ohne ein weiteres Wort entschwanden die beiden durch die Tür des Speiseraumes.

„Was die nur haben?", murmelt Alwine in ihren Damenbart, schüttelt den Kopf, greift nach Arthurs zerkrümelten Kuchen und schiebt ihn sich zwischen die dritten Zähne.

Während sich bei Kaffee und Kuchen die Gemüter erhitzen, neue Mordmotive gefunden und erdacht werden, verabschiedet sich Grete von Arthur und betritt ihr Zimmer. Gerade will sie sich auf ihren weichen, bequemen Ohrensessel niederlassen, als die Tür aufgeht. Auch ohne die Brille aufzusetzen, weiß sie genau, wer den Raum betreten hat.

„Guten Tag Herr Bertram, ich freue mich, dass Sie gekommen sind, ich habe sie schon erwartet", begrüßt sie den Geschäftsführer des Heimes.

„Blöde Kuh, dir wird das Lachen noch vergehen, und zwar für immer."

„Tritt ein – bring Glück herein, hieß ein altes Sprichwort, was bei uns Zuhause über der

Tür hing. Nehmen sie doch Platz, trinken ein Tässchen von dem wundervoll dünnen Kaffee, der hier gekocht wird und nehmen ein Stück vom Bröselkuchen."

„Ich werde dir gleich eins über deine hässliche Rübe hauen, du alte Hexe. Du glaubst doch nicht im ernst, das ich mir von dir die Tour vermasseln lasse, oder? Immerhin hat mir Willi eine halbe Million vermacht, da hat sich der Mord schon gelohnt."

Mit hässlichem Grinsen holte er den Totschläger raus, ließ die Eisenkugel mehrmals in seine Handfläche schlagen. „Du hast noch zehn Sekunden, um zum lieben Gott zu beten, du hässliche Kröte", zischte Bertram. Er wunderte sich nur, dass Grete keine Angst zeigte und in aller Ruhe die vier Kerzen auf ihrem kleinen Weihnachtsbaum anzündete. „Schlag zu du Mörder. So tu es doch endlich", schrie Oma Grete und im selben Moment rief jemand von der Tür „Hände hoch".

Carlos Bertram war viel zu überrascht, um sich zu wehren. Zwei Minuten später saß er im Polizeiwagen und war auf dem Weg ins Gefängnis.

„Wie haben Sie das nur gemacht? Sie sind die tollste und mutigste Oma, die ich je gesehen habe", lachte Kommissar Hellwig und drückte der alten Dame einen dicken Kuss auf die Wange, womit er sich einen missbilligen Blick von Arthur einfing.

„Das war ganz einfach. Willi hatte mir erzählt, dass er seinen Neffen Bertram als Alleinerben eingesetzt hatte. Er erzählte mir aber auch, dass er Angst vor ihm hätte, weil ihm ein paar krumme Geschäfte seines Neffen zu Ohren gekommen waren. Und er gab mir ein Stück Papier, wo alles aufgeschrieben war. Am Montag wollte er das Testament ändern."

„Gut, gut, aber was haben sie mit dem Hörgerät gemacht? Schließlich wurde ja die ganze Unterhaltung ins Zimmer von Hernn Sebastian übertragen", fragte Kommissar Hellwig weiter und blickt auf Arthur.

„Tja mein lieber Herr Kommissar, auch das ist ganz einfach. Schließlich war mein Verlobter früher Elektroingenieur", klärte sie den Kommissar auf. Und zu Arthur gewandt fragte sie: „Was hat Bertram eigentlich zu mir gesagt?"

„Er hat dir ein paar Komplimente über dein Aussehen gemacht und das du die interessanteste Frau im ganzen Hause wärest", log Arthur und Grete strahlte mit den fünften Zähnen.

„Nun aber raus, meine Herren. Mein Bräutigam und ich wollen gemütlich Heiligabend feiern."

# Heiligabend im Supermarkt

Die Schlange an der Kasse drei war gefühlte hundert Kilometer lang. Ich beobachtete die Kassiererin mit der Weihnachtsmannmütze. Das goldene Glöckchen am Zipfel klingelte jedes Mal, wenn sich ihr Kopf nach vorne schob und sie Stück für Stück des Einkaufs über den Scanner zog. Geduldig wartete ich und packte, als ich endlich an der Reihe war, meinen Einkauf aus dem Wagen. Es war Heiligabend und wie immer war ich auf dem letzten Drücker losmarschiert und hatte das untrügliche Gefühl etwas vergessen zu haben. Die Rasierklingen...nein...die lagen auf dem Laufband, ebenso die Butter, die tiefgefrorenen Erbsen und Möhren und ein paar andere Dinge des täglichen Bedarfs.

Der Senf...pling...die Sahne...pling...zweimal
Ritter Sport Marzipan...plingpling.

„Halt, ich hab was vergessen." Mir war
eingefallen, dass ich keine Äpfel eingepackt
habe. Dabei waren sie doch das Wichtigste
für den  heutigen Heiligabend.

„Menschenskind, kannste dir det nich früha
übalejen? Oda sind wa hier in Kindajarten?"
Die Stimme des Alten im
Weihnachtsmannkostüm  schnarrte, als hätte
er sein Leben lang dicke Zigarren geraucht.
Seine Unfreundlichkeit war nicht zu
überbieten. Die Stimme erinnerte mich an
einen Typen, den ich  nicht leiden konnte.
Und so ein Griesgram wollte womöglich
heute Abend  Kinder bescheren. Ich schwieg,
denn erst heute Morgen hatte ich gelesen,
Gelassenheit intensiviere das Leben und
schaffe Harmonie. „Mein Herr, Sie halten den
ganzen Verkehr auf. Machen Sie sich doch
beim nächsten Mal bitte einen

Einkaufszettel." Die Frau hatte eine Warze auf der Nase und Haare auf den Zähnen. Während sie mich zurechtwies, fuchtelte sie mit einer Liste in der Luft herum und wirbelte sämtliche Sauer- und Stickstoffmoleküle durcheinander. Bei dem Wort Verkehr musste ich grinsen. „Findste dit och noch lustich, eehh? Ick gloob, ick hab nen Triesel im Kopp", meldete sich Knecht Ruprecht wieder zu Wort. Ich blieb gelassen und ließ mich weder von Opa noch von Warze zu einer Antwort verleiten. Ich wäre nur frech geworden, hätte meinen Blutdruck hoch gepeitscht und einen noch größeren Stau an der Kasse verursacht. Doch ein leises...du bist doch bescheuert...konnte ich mir nicht verkneifen. Auf dem Weg zum Obststand ließ ich mir Zeit, schnappte vier Elstars und schlenderte gemütlich langsam zur Kasse zurück, provokativ noch einen Riegel „Wunderbar" aus dem Regal nehmend. Wie gesagt, Gelassenheit ist alles. „Ehh, haste dir aba jut beeilt, wa?" Opas Weihnachtsmütze hatte sich keck nach vorne geschoben und er sah total beknackt aus. „Da kann man mal sehen, wie ignorant manche Menschen sind", gab die Warzenfrau ihren Senf dazu. Bei dem Wort ignorant schob sich das dunkle Etwas auf der Nase einige Millimeter höher und sah noch bedrohlicher aus als zuvor.

Nachdem ich zuhause war, begann der schwierige Teil des Tages: Die Herstellung der Bratäpfel, gewürzt mit Zucker und Zimt. In einer halben Stunde würde es klingeln und mein neuer Schwarm durch die Tür kommen. Klein, zierlich mit dunklen Haaren, die auf der linken Seite länger als auf der rechten waren. Ich wollte sie mit weihnachtlichen Duft im Flur empfangen. Also Bratofen vorheizen, Äpfel waschen, mit Puderzucker und Gewürzen bestreuen und in die Röhre schieben. Ich hatte es anders gemacht, als es mir die Nachbarin geraten hatte. Aber lieber hin und wieder mal etwas Neues probieren, als beim Alten bleiben. Wenige Minuten später verbreitete sich ein gemütlicher Duft in der Küche, zog über den Flur bis ins Wohnzimmer hinein. Ich war zufrieden. Wenn die Äpfel so schmeckten, wie sie rochen...

Es klingelte, ich strich in Ermangelung eines Kammes mit meinen Fingern die wenigen Haare glatt und öffnete die Tür. Ach du scheiße...was will der denn hier? Vor der Tür stand Weihnachtsmann und hielt mir meine Brieftasche unter die Nase. „Du bist nich nur langsama als eene Schnecke, sondern ooch noch vajesslich wie een olla Mann", brummelte er. Irgendwie mochte ich den Kerl plötzlich leiden. „Na wenichstens riechen tutet bei dir janz jut." Ich sah in ein paar traurige Augen und spürte die Einsamkeit, die er zu verstecken versuchte. Wenig später saßen wir auf meinem lila Sofa und ließen uns die Äpfel schmecken. Er erzählte mir von seiner Kindheit, von den Heiligen Abenden unter Bombenhagel und dass seine Kinder und Enkelkinder in Australien leben. Das rote Kostüm zöge er an, weil es ihn an glücklichere Zeiten erinnerte. Plötzlich mochte ich den Opa, der nun auch gar nicht mehr so brummig war. Ich machte die Wiener heiß, legte den Aldi-Kartoffelsalat auf die Teller und es wurde ein Heiligabend, den ich wohl nie vergessen werde. Zum Schluss sei noch bemerkt, dass mein neuer Schwarm unsere Verabredung vergessen hatte. Opa Otto aber kam noch oft und jedes Mal gab es Würstchen und Kartoffelsalat.

# Ein Held stirbt nie...

   Daniel blickte auf die Brüder Kolkow, seine
beiden Kumpels aus dem Knast. Fünf Jahre,
zwei Monate und acht Tage hatten sie sich
die  Zelle 204 der Strafanstalt in Berlin-Tegel
geteilt. Die Kolkows wegen räuberischer
Erpressung und er wegen Körperverletzung
mit Todesfolge. Sie waren eine eingefleischte
Notgemeinschaft geworden, durch dick und
dünn miteinander gegangen. So machten sie
auch im Knast ihre kleinen und großen
Geschäfte, und ihr gemeinsames Ziel hieß:
reich werden. Schnell und ohne Schweiß!
Keiner von ihnen wollte zwölf Stunden am
Tag schuften, sich Kreuz und Seele dabei
verbiegen, nur um die Miete im Sozialblock
bezahlen zu können. Sie wollten auf die
Bahamas, unter Palmen schwitzen und sich
von braunen Naturschönheiten verwöhnen

lassen. Sie wollten die  Frauen und die Euros genießen.

Er  war der Jüngste des Trios, Anfang dreißig und stand am Schalter der Bank. Die  Magnum in seiner Hand wollte nicht so recht zu dem Weihnachtsmannkostüm passen, das er trug. Er hielt die drei weiblichen Angestellten und den Filialleiter Lampe in Schach. Er  war schlank und unter dem roten Mantel steckten breite, kräftige Schultern. Der Lohn von viermal Training pro Woche im anstaltseigenen Sportstudio. Der Lauf der Knarre zeigte abwechselnd auf Lampe oder auf eine der Frauen.  Die Ältere mit den kurzen, streng nach hinten gekämmten schwarzen  Haaren und der auffallend jugendlichen Brille, blickte ihn aus ihren durch die Gläser stark vergrößerten Augen an. So als erwarte sie, dass sich jeden Moment eine Kugel aus dem Lauf lösen würde. Obwohl sein Gesicht durch den

weißen Bart und den Watteaugenbrauen
verdeckt war, erinnerte sie der Gangster an
ihren Bruder, einem Nachzügler in der
Familie, der jetzt ungefähr im gleichen Alter
sein müsste. Sie hatte lange nichts von ihm
gehört. Wie es ihm wohl geht?
„Schluss mit dem Getuschel", schrie Daniel
und fuchtelte mit der Waffe herum. Die
beiden Azubis schreckten auseinander. Mit
blassen Gesichtern verfolgten die jungen
Frauen der Hand mit der Knarre, die sich
zwischen beiden Köpfe hin und her bewegte.
 Die Brüder an der Kasse, ebenfalls als
Weihnachtsmänner gekleidet,  packten
indessen Bündel für Bündel des Papiers, von
denen sie sich ein sorgenfreies Leben
versprachen, in die drei hellbraunen
Reisetaschen.
 „Mensch Atzte, über eine Million, und im
Schrank liegt noch mehr", stammelte  der
kleinere der beiden. „Mit so ville Knete könn

wa die Puppen tanzen lassen, überall...".
Den Rest des Satzes übertönte die Stimme
seines Bruders. „Schnauze, halt doch endlich
die Schnauze und mach weiter."

Der Kleinere der beiden Kolkows zuckte
und schwieg. Wie stets wenn sein Bruder ein
Machtwort sprach. Das war schon immer so
gewesen...selbst im Kindergarten hatte er
schon auf seinen Bruder gehört. Mit fahrigen
Handbewegungen schmiss er die Hunderter
in die Tasche. Gut zehn Minuten waren sie
jetzt im Schalterraum, und in spätestens
noch einmal zehn Minuten würden sie ihn
wieder verlassen. Nur reicher, als sie
gekommen waren.

„Mach schon, oder willst du, dass die
Bullen dich wieder in den Knast schleifen?"

„Nee, nee ", stotterte sein Bruder und legte
an Tempo zu. Dass dabei ein paar Bündel
Braune auf den Boden fielen, störte ihn
wenig. Es waren ja noch genug im Tresor.

Tief sog er den Atem ein. Der Geruch des Geldes wirkte auf ihn wie ein Joint.

Daniel schwitzte Blut und Wasser. Die Pistole im Anschlag, stand er zwischen Kassenschalter und Weihnachtsbaum. „Was mach ich hier, fragte er sich und schaute auf seine zitternde Hand mit der Knarre, die sich unwirklich verzogen in einer blauen Weihnachtskugel spiegelte. Ich hab Angst. Ich werde sie aber keinem zeigen. Warum? Weil Feiglinge der letzte Dreck auf Erden sind und sie ihr Leben lang im Keller bleiben müssen, so wie mein Vater. Während Helden immer auf der Sonnenseite sind und lächeln. Ich will kein Kellerkind sein. Aber was ist, wenn die Geschichte schief geht? Dann wartet ewiger Knast auf mich... Der Gedanke trieb ihm Schweißperlen auf die Stirn.

Scheiße...worauf hab ich mich eingelassen? Geht das hier schief, ist mein Leben vorbei. Keine Kohle, keine Frauen, eine vergitterte

Zelle. Er richtete seinen muskulösen Oberkörper auf, schob das Kinn energisch vor, als könne er damit die Angst von sich schieben. Nein, nichts würde schiefgehen. Alles wird nach Plan laufen und in wenigen Stunden bin ich um etliche Hunderttausend reicher und sitze im Flieger nach Buenos Aires. Erster Klasse, versteht sich...

Er blickte auf die Knöchel seiner linken Hand. Weiß und angeschwollen erschienen sie ihm und erneut schnürte Angst seine Kehle zu. Die Waffe wanderte zwischen Lampe, den beiden Azubis und der älteren Frau hin und her. Ab und zu verzog sich sein Gesicht zu einem Grinsen, als wolle er sich und den anderen zeigen, dass es ein Kinderspiel für ihn wäre.

Die ältere Frau sah ihm fest in die Augen, dann blickte sie zu Lampe hinüber, ihrem Vorgesetzten. Wie groß er ist, bemerkte sie. Ein stattlicher Mann. Die grauen Schläfen

machen ihn interessant. Auch die dicken, tief
eingegrabenen Falten auf der Stirn gefielen
ihr. Und ganz im Gegensatz dazu die feinen
Lachfältchen um Mund und Augen herum.
Sie gaben ihm etwas Warmes, etwas
Jungenhaftes. Dabei hatte sie ihn selten
lachend erlebt. Er war zurückhaltend,
jedenfalls ihr gegenüber. Mit den jungen
Dingern, na ja, mit denen hatte sie ihn öfter
herumalbern sehen. Sie schwärmten von
ihm. Sie mochten seine Art, er war für sie
eine Mischung aus Vater, Chef und
Liebhaber. Die eine oder andere wäre
bestimmt auch gerne mit ihm ins Bett
gegangen. Vielleicht hat sie es auch getan.
Wer weiß? Zutrauen würde sie es denen
jedenfalls. Und ihm auch. Und sie? Hatte sie
nicht auch schon mal Lust gehabt die
endlosen Zahlenkolonnen, die Haben und
Solls und Immobilienfonds, in den Armen
eines Mannes zu vergessen? Sich

hinzugeben, wild und leidenschaftlich zu lieben ohne an die Folgen zu denken? Für einen Moment kam sie ins Schwärmen und wunderte sich, dass sie in dieser Situation an sowas denken konnte. Warum fielen ihr gerade jetzt alle unerfüllten Wünsche ein, mit denen sie jeden Abend unter die Bettdecke kroch?

Daniel hingegen sah den 50jährigen stellvertretenden Sparkassenleiter mit anderen Augen. Er gefällt ihm  nicht. Er ist mir zu ruhig, stellte er fest. Und dann das Gesicht, indem ich nichts lesen kann. Keine Regung. Nicht einmal Angst. Seine Lippen sind zusammen gepresst als hätte sie jemand mit Sekundenkleber bestrichen.  Sein Blick wandert umher, als dürfe ihm nichts entgehen.  Ich muss ihn im Auge behalten. Wer weiß, was der Typ im Schilde führt. Menschen wie er sind mir immer suspekt gewesen und haben nur Unglück gebracht.

Er dachte an seinen Vater. Der war ähnlich gewesen. Erst hat er  mich und Mutter im Suff geprügelt, dann ist er mit einer Jüngeren auf und davon. Zehn war ich damals gewesen... Und dann sein Lehrmeister in der Druckerei Ein ekliger Kerl, genauso glatt wie der Typ hier vor ihm. Wie hieß er noch? Daniel Hirn versuchte zu denken....

„Heee, stell dich gerade hin. Weg vom Schreibtisch. Und lass schön die Hände unten", zischte Daniel den Filialleiter an. Irgendwas musste er ja schließlich sagen. Die Spannung war enorm.  Mit Genugtuung sah er, wie Lampe zusammenzuckte, sich aufrichtete, wie sich die Bügelfalte seiner Leinenhose straffte und wie eine scharfe Schiene in den Raum hinein schnitt. Der Schreibtisch knarrte, als sich Lampes 100 Kilo erhoben.

Der Typ hat Angst, stellt Lampe

fest. Auch die Weihnachtmannverkleidung kann die Unsicherheit des Jungen, wie Lampe ihn im Stillen nannte, nicht verbergen. Seine Hand mit der Pistole zittert. Wird er den Finger krümmen oder sich vor Schiss in die Hose machen?

Aber Lampe sah im Überfall auch die Chance seines Lebens. Er, der unscheinbare Bankbeamte, der Niemand, er könnte aus seinem Graue-Maus-Dasein schlüpfen. Endlich würde er der Welt zeigen können, was für ein Kerl er ist. Sein Traum ein Held zu sein könnte sich erfüllen. Sein Herz pochte. Bleib ruhig, ganz ruhig, betete er still vor sich hin. Nicht den Kopf einziehen. Er streckte sich, wuchs über seine wirkliche Größe von 1 Meter 83 hinaus. Bloß nicht wieder ins Schneckenhaus zurück. Er hatte das Gefühl, gerade mit den Fühlern das Leben berührt zu haben. Jetzt brauchte er nur noch den Kopf hinterher zu strecken. Klar und deutlich sah er sein Leben vor sich. Er blickte auf die Wanduhr über der Spitze am Tannenbaum. Freitag, 23. Dezember 10.16 Uhr. Ein Tag vor Heiligabend. Zwölf Minuten waren vergangen, seitdem die drei Gangster die Bank betreten und hinter sich hatten abschließen lassen. Zuerst hatte er ein wenig Angst gespürt, ein Ziehen zwischen dem zweiten und dritten Rippenbogen. Dann überschwemmte ihn das Gefühl, das er sich oft in seinen Tagträumen selbst erzeugt hatte. Ein Gefühl, nachdem er fast süchtig war, genau wie andere nach Alkohol oder Drogen.

Er, Lampe, der Held. In seinen Träumen kämpfte er gegen eine Übermacht von schwarz gekleideten und Kettenschwingenden Rockern, oder er hatte sich als Austauschgeisel für eine herzkranke, junge Mutter zur Verfügung gestellt. Ein andermal kämpfte er im Alleingang gegen die

Russenmafia oder er befreite die Passagiere eines entführten Jumbo-Jets. Die Beine taten ihm weh. Er spürte die verdammten Schmerzen in den Lendenwirbeln und dem linken Hüftgelenk. Vorsichtig verlagerte er sein Gewicht auf das rechte Bein. Nicht zuviel. Geradeso, dass das Ziehen links erträglicher wurde, ohne dass es rechts anfing. Er sah auf seine Fußspitzen und stellte fest, dass sie wie immer zu weit nach außen standen. Er korrigierte die Haltung, fühlte sich sicherer. Seine Augen wanderten durch den Sparkassenraum, doch irgendwo zwischen Netzhaut und Großhirn gingen die Eindrücke wieder verloren. Seine Gedanken waren woanders. Er sah seinen Sohn, der stolz auf ihn sein würde. Auf seine Frau. Auf seine Freunde und Kollegen. Er brauchte nur... Er sah die bewundernden Blicke .Er brauchte nur...

Er brauchte nur...

Er musste es schnell tun. Der Blick zur
Kasse verriet, dass ihm nicht mehr viel Zeit
blieb. Die letzten Hunderter wanderten
gerade in die abgeschabte Ledertasche.
Wenn er es nicht bald tat, hatte er seine
Chance für immer vertan und könnte nie
wieder in den Spiegel schauen, ohne einen
Feigling zu sehen. Doch es war nicht nur die
Zeit, die ihn trieb. Es war auch der Kampf
seiner zwei Seelen. Feigling gegen den Held.
Mal gewann die Angst, hemmte sein Denken
für Sekunden, mal siegte der Mut und verlieh
seinen Gedanken Flügel. Dann fühlte er sich
leicht, so leicht, dass ihm der Sprung hin zum
Pistolenmann lächerlich kurz erschien. Halte
dich zurück. Warte bis alles vorbei ist, schrie
sein Angst Ich. Die Furcht schnürte ihm den
Atem ab, Hitzewallungen überschwemmten
seinen Körper. Alles war so als in seinen
Träumereien. Da gab es keine Angst. Da gab
es nur den Sieg.

Mit einem Klack sprang der Zeiger der Uhr um. 10.17 Uhr. Wieder war eine Minute vergangen. Nutzlos waren wieder sechzig Sekunden an ihm vorbeigezogen. Ein tiefer Atemzug... dann sprang er. Für den Bruchteil einer Sekunde war de Angst weg gewesen. Er schnellte nach vorn, hörte nicht den Knall des Schusses, spürte nicht den Einschlag in seinem Körper. Er packt den Maskierten, seine Fingernägel krallten sich in den Weihnachtsmannbart.

Schreie, Schüsse, Blaulicht und Sirenen. Er fällt genau in dem Augenblick zu Boden, als die Polizei die Bank stürmt. Er fällt und fällt und fällt.

Er sieht Gesichter über sich. Verschwommen, schemenhaft. Der Duft von Rosenöl steigt ihm in die Nase. „Ruhig, nur ruhig Herr Lampe", hört er eine Frau aus der Ferne flüstern. Ein buntes Brillengestell rückt nah an seine Augen. Er versucht in ihrem

Gesicht zu lesen, will sehen, ob sie stolz auf ihn ist. Doch außer der Schwere seiner Augenlider spürt er nichts. Für einen Moment hat er Angst zu sterben. Aber auch dazu ist er zu müde. Dann schließt er die Augen, um zu schlafen. Nur schlafen, schlafen, schlafen...

Am nächsten Tag wird er gefeiert. Der Held von der Sparkasse. Alle reden von ihm, bewundern seine heldenhafte Tat. Ein richtiger Mann. Einer mit Mumm. Kein Weichei. Seine Freundinnen, seine Kollegen, die Azubis, sein Chef, die ganze Stadt ist stolz auf ihn. In den Zeitungen ein großer Bericht mit einem Foto des Helden. Wie er lacht, mit unzähligen Fältchen um Mund und Augen - und einem dicken, schwarzen Trauerrand herum.

# Kaum zu glauben

Es war bis ins Kleinste geplant. Wochenlang hatten sie berechnet, beobachtet und jedes noch so unwichtige Detail berücksichtigt. George war für den Fluchtwagen zuständig und dass er zur rechten Zeit vor der Bank steht und genug Diesel im Tank war. Ja, sie waren umweltbewusste Ganoven. Henry, der Stotterer, war dazu verdammt worden, das Maul zu halten, egal was auch passieren sollte. Er sollte die Säcke mit der Kohle wegschleppen. Dazu musste man nicht reden. Und Jonny hatte dafür zu sorgen, dass sich der Geldschrank mit den Hundert-Dollar-Scheinen unter seinen Händen mühelos würde öffnen lassen. Auf Jonny war Verlass. Meistens jedenfalls. Nur zweimal hatte er in seinem 31jährigen Leben versagt.

Das erste Mal, als er zum dritten Mal die
sechste Klasse der Volksschule in Freeman
Idaho nicht schaffte. Woraufhin ihn sein Vater
aus dem Haus warf. Im wahrsten Sinne des
Wortes. Als Jonnys Knochen vom Sturz über
Treppe und Geländer wieder leidlich geheilt
waren, verschwand er bei Nacht und Nebel
aus dem Krankenhaus. Seinen Vater wollte
er erst wiedersehen, wenn er kräftig genug
wäre, es ihm heimzuzahlen. Drei Jahre stahl
er sich durch Idaho und lebte davon, anderen
das wegzunehmen, was ihnen gehörte. Dann
passierte ihm das zweite Missgeschick. Ein
Kumpel hatte ein todsicheres Ding im Kopf.
Danach lebte Jonny acht Jahre in einer zwei
mal vier Meter großen Zelle mit einem Klo
direkt neben dem Bett. An den Gestank hatte
er sich nach ein paar Wochen gewöhnt, an
die Arroganz der Wärter nie. Jetzt war er
wieder draußen, und in wenigen Stunden
würden er und seine beiden Kumpels soviel

Geld haben, dass ...aber lassen wir das. Jeder hatte andere Wünsche. Henry, der Stotterer, wollte ein berühmter Sänger werden. Denn wenn er sang, klang seine Stimme hell, klar und fließend und kein Gestotter zerriss die Melodie. George wollte seiner Mama eine schöne Wohnung kaufen. Irgendwo im Süden, wo sie ihr Rheuma auskurieren konnte. Und Jonny wollte es seinem Dad heimzahlen. Die Geschichte mit der Treppe und den zerbrochenen Knochen hatte er bis heute nicht vergessen. Danach wollte er ein Fitnessstudio eröffnen und aus jedem Mitglied einen kleinen Schwarzenegger machen. Aber jetzt saß Jonny erst einmal in der Patsche. Zum dritten Mal in seinem Leben. Dabei hatte alles so gut und vielversprechend angefangen. Er hatte sich einen roten Weihnachtsmannmantel gekauft, einen weißen Bart und Augenbrauen aus

Engelshaar gebastelt und den Schweißbrenner im Jutesack versteckt. Kein halbwegs vernünftiger Mensch würde in dem Nikolaus einen Tresorknacker vermuten, der gerade auf Schicht ging. Pfeifend schlenderte Jonny die 6. Avenue entlang und schaute in die Schaufenster hinein. Was er sah, gefiel ihm nicht. Er fand sich zu klein, und um den Bauch herum zu dick. Seine Nase war zu groß und erinnerte an Pinocchio; seine Ohren sahen aus wie ein Paar großer Schaufeln, die jemand achtlos an seinen Kopf geklebt hatte. Die Auslagen in den Geschäften faszinierten ihn. Brillen für 1000 $, Anzüge für 4000 und eine Uhr, eine hässliche, wie er kopfschüttelnd feststellte, für über 20.000 $. Gerade wollte er weiter gehen, als jemand an seinem Ärmel zog. „Hey Weihnachtsmann. Bitte hilf mir". Als sich Jonny umdrehte, sah er einen Boy von, na sagen wir mal, vier, höchstens fünf

Jahren. Hilflos schaute ihn der Kleine an. Tränen liefen ihm über die von der Kälte geröteten Wangen. Jonny sagte nichts. Krampfhaft versuchte er darüber nachzudenken, was er tun solle. Die Räder in seinem Hirn ratterten. Nicht sehr schnell, denn Denken war nie seine Stärke gewesen. Gerade wollte er „Oh" sagen, als der Kleine ihn zum zweiten Mal am Ärmel zupfte. Diesmal stärker als zuvor. „Du bist doch der Weihnachtsmann. Und nur der Weihnachtsmann kann mir helfen. Das hat mein Dad gesagt. Und mein Dad hat immer Recht. Er weiß alles." Hhmm, Jonny dachte einen Moment an seinen eigenen Vater, der überhaupt nichts wusste und sich ständig nur betrank und dann jedes Mal wütend auf seine Mom eindrosch. „Mein Dad sagt, nur der Weihnachtsmann kann meinen Bruder Jo gesund machen. Er hat Fieber und muss vielleicht sterben, weil wir kein Geld für einen

Arzt haben." Der Junge wackelte verlegen von einem Bein aufs andere. Jonny sah die verschiedenen Schuhe an den Füßen des Kindes, die zu kurze Hose mit den Flicken auf den Knien und die Jacke, die viel zu dünn für diesen kalten Heiligen Abend war. Aber er sah noch mehr. Die Augen des Kindes waren voller Erwartung auf ihn, oder besser gesagt, auf den Weihnachtsmann, gerichtet. Der Kleine glaubte an seine Worte. Ein noch nie erlebtes Gefühl beschlich Jonny. Erst war es nur ein kurzes Zusammenziehen seiner Magenwände, das sofort wieder aufhörte, als er die Bauchmuskeln anspannte. Dann aber presste etwas seine Brust zusammen und machte ihm Gänsehaut. Zum ersten Mal in seinem Leben verspürte Jonny Verantwortung. Nein, nicht das er es selbst so nennen würde. Davon war er weit entfernt und das dreimalige Wiederholen der sechsten Klasse schwer im Wege. Er hatte so ein Gefühl. Verdammt noch mal. Ein Gefühl, das seinen ganzen Körper erfasste. Und immer noch sah ihn der Junge an. „Wie heißt'n?", fragte Jonny, weil ihm nichts Besseres einfiel. „Mike. Kannst aber Miki zu mir sagen." Gerne hätte er seinem neuen Freund über den blonden Wuschelkopf gestreichelt, der noch nie einen Frisör gesehen hatte. Aber er traute sich nicht. Ja, wie er andere Leute beklauen konnte, das wusste er. Er konnte sich auch mit den Fäusten zur Wehr setzen und die Argumente aus den Muskeln holen. Aber einen kleinen Jungen über den Kopf streicheln? Und noch dazu auf offener Straße? Die Hand, schon ein wenig erhoben, sank wieder hinab. Jonnys Finger waren feucht. Er wischte sie am roten Stoff des Mantels ab. Aber es nützte nichts. Kaum war der Schweiß abgerieben, spürte er schon wieder neue Nässe an den Handflächen. Jonny zuckte zusammen. Die kleine Hand des Jungen hatte nach seiner gegriffen und drückte sie. „Komm mit. Du musst Jo gesund machen". Die Stimme des Kleinen klang bestimmt. Dann zog ihn der Kleine mit sich fort. Unsicher folgte er ihm durch die weihnachtlich geschmückten Straßen. Die Uhr beim Juwelier zeigte kurz vor fünf. Noch zwanzig Minuten bis ich in der Bank sein muss und der Safe stand am anderen Ende der Straße. Das Geld, das Sportstudio, die Rache an seinem Vater fielen ihm ein. Der kleine Miki aber zog ihn in die entgegengesetzte Richtung. Ich werde mich beeilen müssen, dann schaffe ich es noch rechtzeitig zum Tresor. Er setzte sich Miki auf die Schultern. Als wäre Jonny ein Pferd, ritt er mit ihm die Prachtstraße entlang. An der nächsten Ecke nach links. Drei weitere Straßen noch einmal nach links. Irgendwann rechts, dann links, dann...Jonny schwirrte der

Kopf. Er hatte keine Ahnung mehr, wo er sich befand. Da stoppte ihn der Kleine mit einem Griff an die Ohren, sprang von seinen Schultern und rannte in die Dunkelheit hinein. Jonny hatte Mühe ihm zu folgen. Vom Lichterglanz der Großstadt war hier nichts mehr zu spüren. Eine Ratte kreuzte seinen Weg, piepte, schlug mit dem Schwanz aufs Pflaster als wolle sie ihr Unbehagen über soviel Elend ausdrücken und verschwand zwischen den Müllcontainern. Dann stand Jonny plötzlich in einem fast dunklen Raum. Auf dem Tisch flackerte eine Kerze und warf gespenstische Schatten an die Wand. Fünf oder sechs Kinder rannten durch die Stube. Es roch nach Kohl. Nach angebranntem Kohl. „Wer sind sie?" die Stimme des Mannes war freundlich. Ohne Argwohn und Aggression. „Das ist der Weihnachtsmann. Er hat mir versprochen Jo wieder gesund zu machen..."

„Soso"

„Wo, wo ist der Kleine?" Jonnys Stimme war
viel sanfter als in den Kellerkneipen wenn
nach Kumpanen suchte.

„Kommen Sie mit." Der Mann ging vor. Er
schob eine alte Gardine, die als Türe diente,
zur Seite und zeigte auf ein selbstgebautes
Holzgestell mit Gitter.

Der Junge war vielleicht zwei. Älter auf
keinem Fall. Er hatte große, fiebrig
glänzende Augen. Das konnte Jonny sogar
im Schummerlicht des kleinen Zimmers
sehen. Das Kind hustete. Sah zu ihm auf
und lächelte. Dann schüttelte ihn der nächste
Hustenanfall. Stumm und hilflos stand der
Vater neben dem Bett. Die Mutter streichelte
ihrem Jungen über den Kopf. Und wieder
spürte Jonny dieses Ziehen im Körper,
begleitet von Gänsehaut und
Magengrimmen. Der Kleine versuchte die
Hand in Richtung Weihnachtsmann zu

strecken. Doch sie fiel kraftlos an seinem dünnen Körper hinunter.

„In spätestens zwei Stunden bin ich wieder zurück", erklärte Jonny den verdutzten Eltern. So schnell er konnte rannte er die Strecke zurück. Mehrmals verlief er sich, doch dann erkannte er die Leuchtreklame des Leihhauses wieder, an das er vor einer halben Stunde mit Miki vorbei gelaufen war.

Der Handel war schnell perfekt. Der Schweißbrenner wechselte den Besitzer. Den Pfandschein warf Jonny in den Rinnsteig. Er würde ihn ohnehin nie wieder brauchen. Dann klingelte er Sturm an der Tür mit dem Schild  Doktor Brown Specialist for Childrens. Zehn Minuten vor der verabredeten Zeit standen Jonny und der dicke Doktor  wieder in der ärmlichen Behausung der Familie. Während Dr. Brown den Kleinen abhörte, ihn beruhigend über den Rücken streichelte und ihm zwei Löffel einer bitteren Medizin einflößte, beobachtete der kleine Patient aus großen Augen den Weihnachtsmann, der Hand in Hand mit Miki vor seinem Bettchen stand und lächelte. Und als die Mutter dem Kleinen Rücken und Brust mit einer nach Eukalyptus riechenden Salbe einrieb, schlich Jonny hinaus. Er hatte Tränen in den Augen. Und die sollte niemand sehen. Ein Kerl wie er. ein Tresorknacker mit Knasterfahrung und heulen? Das gab es doch nur im Märchen. Schnell legte er die restlichen Dollarscheine neben die fast heruntergebrannte Kerze. Dann verschwand er auf leisen Sohlen in der Dunkelheit.  Er wusste nicht so recht, wohin er sollte. Er lief seinen eigenen Füßen hinterher, ohne sich Gedanken zu machen, wohin sie ihn führen würden. Als er 20 Stunden später in  Miami aus dem Bus stieg, wusste er, alles würde anders werden. Besser...

# Frohe Weihnacht

Als der Weihnachtsbaum anfing zu brennen, war es exakt 19 Uhr und fünf Minuten. Die engelsgleich Nachrichtensprecherin hatte gerade ein gesegnetes Weihnachtsfest gewünscht. Der erste Glimmer, von niemand bemerkt, fing an der untersten Kerze an, gleich vorne links neben der goldenen Glocke aus Lübecker Marzipan. Die Kerze hatte den, durch die Schwere eines mit Zucker begossenen Engels, herunter hängen Ast erfasst und entflammt. Oma stocherte gerade in ihrem immer noch fast tief gefrorenen Karpfen herum, der kleine Axel schaufelte sich fröhlich kichernd mit dem Kinderlöffel durch den Schokoladenpudding.

„Scheiße, der Baum brennt", schrie Arthur, was Omas Gatte und demzufolge Alex Opa war, mit schriller Stimme über den Tisch, sodass Karpfen und Schokoladenpudding furchtsam zitterten. Tante Trudchen und Onkel Georg stießen vor Schreck ihre Stühle um, als sie sich mit hastigen Schritten in Sicherheit brachten. Alex Mama hingegen stierte wie hypnotisch auf die sich schnell ausbreitenden Flammen. Die Zuckerglocke schmolz dahin ohne einen einzigen Ton von sich zu geben, der Schokoweihnachtsmann fiel mit einem hässlichen Pfffflopp zu Boden, die gläsernen Kugeln zersprangen. Erst die roten, später die gelben. Zuletzt die beiden blauen von ALDI. Gert, was Alex Vater war, schnappte sich seinen jungen, der laut kreischend unter dem Arm zappelte und fröhlich „Feuer, Feuer" schrie, und mit seinen dünnen Ärmchen Papas Brille mit den Gleitsichtgläsern von der Nase stieß. 45 Sekunden später ergoss sich der erste Eimer Wasser über die Flammen der 44 Euro Nordmanntanne, die durch die Wucht des

Wasserschwalls seitlich hinweg kippte, noch eine kleine Drehung auf dem Teppich vollzog und dann erschöpft liegen blieb.

Stiiiihiiile Nacht...heieieiliiige Nacht...der Fernsehchor auf dem Flachbildschirm ließ sich nicht stören. Das Wasser des dritten Eimers löschte das letzte Glimmen und ertränkte gleichzeitig die liebevoll verpackten Geschenke. Omas echt Dresdner Christstollen verwandelte sich in Sekundenschnelle in einen nassen Schwamm. Papas neue Armbanduhr, leider nur bedingt wasserdicht,  gab um 19 Uhr neun ihren Geist auf. Opas Stadtplan krümmte sich vor Schmerz, und der ohnehin hässliche Schlips fing an zu färben. Das Mutters neue Unterwäsche vor Schreck gleich um zwei Nummern einlief, bemerkte sie erst Tage später, als sie Papa damit überraschen wollte.

# Das hässliche Bäumchen

Der Weihnachtsbaum war hässlich. Gar
keine Frage. Ein paar Äste waren so dünn,
als hätte man sie auf Diät gesetzt. Es waren
ihm auch schon ein paar Nadeln abhanden
gekommen und die, die er noch hatte, waren
teilweise bräunlich verfärbt. Sein Wuchs war
nicht gerade. Mit etwas Wohlwollen könnte
man ihn, gäbe es dieses Wort, krummgerade
nenen. Und das auch nur mit zugedrückten
Augen. Doch wer kauft schon einen Baum
mit geschlossenen Augen. Der Verkäufer
hatte ihn weit abseits der anderen Tannen
gestellt, als schäme er sich, ihn überhaupt
zum Verkauf anzubieten.

Hansemann stand inmitten der
Nordmanntannen zu 58 Euro fuffzich das
Stück und schaute trübe vor sich hin. Das Lid
des linken Auges zuckte in Abständen von

Sekunden, als wolle es ihn wach halten. Er fror. Die rote Jacke, die mit der abgerissenen Tasche auf der linken Seite, war viel zu dünn für diese Jahreszeit. Einen Tag noch bis Heiligabend. Schnee war noch immer nicht gefallen. Und laut Wetterbericht sollte es auch heute keinen geben.

Nach einen Tag bis Weihnachten und er hatte noch immer keine Tanne. Der kleine Baum mit den Ästen, die aussahen, als würden sie weinen, hatte es ihm angetan. Hansemann dachte nach. Er dachte sogar scharf nach, was sich bei ihm äußerlich bemerkbar machte. Sein linkes Augenlid hört automatisch auf zu  zucken, wenn sein Hirn in Bewegung kam. Es war fast so, als könne er nicht zwei Dinge zur gleichen Zeit tun. Sein Lid schlief. Sein Hirn war wach. Oder umgekehrt. Hansemann schloss die Augen, was er immer dann tat, wenn er zusätzliche Reize ausschalten wollte. Kaum hatte er die

Augen geschlossen, hörte er seinen Namen rufen. Sofort öffnete er sie wieder, um die Richtung, aus der das Rufen kam, besser orten zu können.

„Haaallo Hansemann", hörte er es wieder rufen. Diesmal lauter und kräftiger. Die Stimme kam aus der Richtung des missgestalteten Weihnachtsbaums. Aber dort war niemand. So sehr Hansemann auch guckte , niemand war in der Nähe des Baumes zu sehen. Es waren auch kaum Leute da. Der kleine Junge, der versonnen in der Nase bohrte, sich umschaute und dann, als er glaubte, unbeobachtet zu sein, das sorgfältig gerollte Etwas an einen Baum hing. Der Kleine grinste. Diese Art Weihnachtskugel schien ihm zu gefallen. Dann stand noch ein Ehepaar herum. Jedenfalls sahen sie aus, als hätten sie schon einige Jahrzehnte miteinander verbracht. Die gleichen Nasen, die gleichen

Ohren und der gleiche schmale Mund. Er trug ein Hörgerät, dass er jederzeit abschalten konnte. Sozusagen aus Notwehr. Seine Frau zeterte gerade über seinen Geiz, über seine ungeputzten Schuhe und über seine Art zu laufen. Die letzten Worte hörte er schon nicht mehr. Hansemann beschloss, sich später ebenfalls ein abschaltbares Hörgerät zu kaufen.

Es wird doch wohl nicht der Weihnachtsbaum sein, der mich ruft, überlegte Hansemann und erschrak bei dem Gedanken. Er machte einen Schritt auf den Baum zu und lauschte. Kein Wort. Die Äste hingen nach wie vor depressiv herunter. Beim Anblick der hässlichen Tanne überfiel Hansemann eine Art Traurigkeit, die er nicht erklären konnte. Traurig ohne Grund. Gab's so etwas? Er spürte ein Ziehen im Rücken, das Atmen fiel ihm schwer und Schweiß machte sich auf seiner Stirn breit.

„Scheiße", dachte Hansemann. Jetzt stirbste. Und das so kurz vor Weihnachten, dachte er. Aber Hansemann starb nicht. Der Schweiß gefror fast auf der Stirn und sein Atem sah aus wie die Abgase aus einem Schnellkochtopf. Sein Blick fiel noch einmal auf den kränkelnden Tannenbaum. Irgendwie sah es aus, als winke ihm die Tanne mit den Zweigen zu. Und wieder hörte er die Stimme, die seinen Namen rief.

Ich werd verrückt, oder ich bin es schon. Hansemann zuckte und hätte sich am liebsten vom Acker gemacht. Doch irgendwas hielt ihn zurück. Wie an einem Gummiband zog es ihn zum sprechenden Baum hin. Auf dem Pappschild an der krummen Spitze stand der Preis: 28 Euro. Hansemann hatte Mitleid, zahlte ohne einen einzigen Euro herunterzuhandeln und trabte mit ihm nach Hause.

Unterwegs kamen ihm die ersten Zweifel. War es richtig, mit einem hässlichen Baum Weihnachten zu feiern? Sofort schämte er sich seiner Gedanken. Sagte er nicht immer, dass nicht das Äußere zähle, sondern die inneren Werte das wirklich Wahre wären. Leicht gesagt, doch manchmal ist eben alle Theorie grau und das Leuchtende schöner als das Graue.

Zuhause angekommen stellte er den Baum in einen Ständer, holte die Säge aus dem Küchenschrank, stellte sich vor die Tanne und überlegte, wo er wenig absägen könnte, um ihn wenigstens ein bisschen zu verschönern. Wie sein Blick so über die Äste wandert, hört er eine leise Stimme.

„Hansemann, mach keinen Scheiß." Er zuckte zusammen. Es ist doch nicht wirklich der Baum, der da...? Er traute sich nicht einmal den Satz zu Ende zu denken. Vorsichtshalber brachte er jedoch die Säge in die Küche zurück, holte stattdessen das Lametta vom letzten Jahr und die wenigen Kugeln, die das Fest überlebt hatten. Nun, da der Baum geschmückt war, sogar ein paar Kerzenstummel hatte Hansemann gefunden, hatte er das Gefühl, der Tag wäre recht ordentlich gelaufen und er ging zu Bett. Morgen würde seine Familie kommen, sein Sohn, die Fast-Schwiegertochter, seine Exfrau und die drei Enkelkinder, um mit ihm den Heiligen Abend zu feiern. Noch einmal warf er einen Blick durch die offene Tür auf den kärglich geschmückten Baum.

Am nächsten Tag klingelte es zur verabredeten Zeit

„Hey Opa, hey Opa, hey Opa...riefen die drei Kinder nacheinander, rannten durch den Flur, in die Küche hinein, rissen den Kühlschrank auf, griffen nach dem Schoko-Eis und liefen ins Wohnzimmer.

„Wow...das gibs doch nicht. Is ja irre...Ist das ein toller Baum", schrien die Drei.
Exfrau, Sohn und Schwiegertochter konnten es ebenfalls nicht fassen.

„Wie hast du das gemacht. Das hätten wir dir nie und nimmer zugetraut..."

Hansemann wusste nicht, was sie meinten. Doch als er ins Zimmer schaute, vergaß er das Atmen. Was er sah, hatte mit dem, was er am Abend zurück gelassen, hatte nichts gemeinsam. Ein prächtiger Baum mit wohlgeformten Ästen und einer Spitze, die so gerade gewachsen war, als hätte man sie mit dem Lot ausgerichtet. Und das Lametta, gestern noch dünn und mickrig, glänzte im Goldenschein. Und die Kugeln schimmerten in allen Farben und in ihnen spiegelten sich rote Kerzen. Darüber hingen Schokoweihnachtsmänner und kleine Engel mit seidenem Haar. Und unter dem Baum lagen verpackt in Weihnachtspapier die schönsten Geschenke.

Hansemann schloss die Augen, öffnete sie wieder. Das machte er ein paar Mal, doch der Anblick blieb immer der gleiche. Als er wieder zu atmen begann, öffnete er den Mund und wollte seiner Familie alles erklären. Plötzlich glaubte er etwas zu sehen. Täuschte er sich, oder hatten eben ein paar Zweige der Tanne gewunken? Auch schien es ihm, als zwinkerte ihm einer der Engel zu und ein anderer legte den Zeigefinger zum Stillschweigen auf den Mund. Von weit her, hörte er den Baum wieder sprechen. Danke, sagte es leise aus seiner Richtung . Danke, dass du mich mitgenommen hast, obwohl ich so hässlich war...

# Hätte...könnte...wäre – wenn und aber...

Diesmal wollte Jan es unbedingt wissen. Es gab kein Zurück mehr. Alles andere wäre Feigheit gewesen. Schließlich war er schon siebeneinhalb und kein Baby mehr. Und er hatte es seinen Freunden Micki und Justin versprochen. Einen Indianerschwur hatte er geleistet und sich mit einer Nadel in den Finger gepiekt. Sie hatten gestaunt und ihn für einen Helden gehalten. Na ja, ein bisschen Angst hatte er jetzt schon. Aber versprochen war schließlich versprochen. Lange genug hatten seine Eltern ihn an der Nase herum geführt, ihn wie einen kleinen Jungen behandelt und für dumm verkauft. Jedes Mal war er drauf reingefallen. Letztes Jahr hatte er schon seine ersten Zweifel gehabt. Er war nahe dran gewesen, dem Weihnachtsmann die Maske vom Gesicht zu reißen. Und nur die Angst, er könne sich vielleicht doch irren und der Typ mit dem roten Mantel und dem weißen Bart, wäre echt und würde mit den schönen Geschenken wieder verschwinden, hatte ihn davon abgehalten. Er dachte an den Kindercomputer, an die schönen neuen Fußballschuhe und natürlich an das neue Modell vom Gameboy mit vielen Spielen. Obwohl es ihm in den Fingern zuckte am Bart zu ziehen, hatte er es sein gelassen. Er war sich ziemlich sicher gewesen, dass Onkel Rolf darunter steckte. Aber eben nur ziemlich. Der Typ hatte nämlich Schuhe an, wie sein Onkel  sie trug, so abgelatschte Dinger, die seit  hundert Jahren nicht geputzt waren. Und der Bauch unter dem roten Mantel könnte ebenfalls gut und gerne seiner gewesen sein. Aber am auffälligsten waren die Augen. Der Weihnachtsmann hatte zwar dicke weiße Augenbrauen und einen Bart, der bis kurz unter die Augen ging, aber..

Doch da war dieses schelmische Grinsen,
dass er an seinem Onkel so mochte. Wenn
sein Vater mit ihm schimpfte und ein ernstes
Gesicht zog, rollte Onkel Rolli immer mit den
Augen und grinste.

So, das war letztes Jahr gewesen. Letztes
Jahr, wo er noch feige gewesen war und sich
nicht getraut hatte. Aber dieses Jahr sollte
alles anders sein. Schließlich war ja schon
acht...fast acht. Und er las heimlich
Detektivgeschichten. Also war er schon fast
erwachsen. Und genau wie der Kommissar
machte Jan sich einen Plan. Okay, er wollte
keinen Gangster zur Strecke bringen, aber
ein Plan musste sein. Auch sein Vater
machte immer Pläne. Die zwar selten in
Erfüllung gingen, weil jedes Mal etwas
dazwischen kam, aber Pläne mussten
offensichtlich sein. Das hatte er von den
Erwachsenen gelernt. Jan nahm sein

Matheheft, riss eine Seite heraus und
schrieb:

Weihnachtsmann beobachten

cool bleiben

richtigen Moment abpassen

zuschlagen

Ergebnis abwarten

Jetzt war er zufrieden. Sein Fünf-Punkte-
Plan war Spitze. Aber schon bald kamen ihm
Zweifel. Erst ein paar Wenige. Zum Beispiel,
was wäre, wenn er nicht dicht genug an sein
Opfer heran käme? Oder was wäre, wenn
der Bart so fest geklebt war, dass er seinem
Onkel weh tat? Und schließlich noch die
Vorstellung, es wäre gar nicht sein Onkel,
sondern wirklich der Weihnachtsmann. Was
würde er tun, wenn der Typ vor Wut seine
Rute aus dem Sack holte und ihm den
Hintern verdrosch. Fragen über Fragen
häuften sich in Jans kleinem Kopf zu einem
riesigen Berg zusammen. Die Wäre und

Würdest machten ihm Kopfzerbrechen. Die vielen  Wenns und die Abers machten ihn unsicher und brachten ihn durcheinander. Aber was sollte er tun? Schließlich hatte er Micki und Justin sein Indianerehrenwort gegeben und mit einem echten Blutstropfen besiegelt. Unmöglich, jetzt kann er keinen Rückzieher machen.

Feigling...Feigling...Feigling...würden sie rufen und er würde sich nicht mehr auf die Straße trauen. Schon wieder ein neues Würde. Jan rauchte der Kopf. Noch zwei Stunden, dann poltert es an der Tür wie jedes Jahr und...er hatte  keine Ahnung, was er tun sollte. Eigentlich, so dachte er, ist Erwachsensein gar nicht leicht. Jan nahm den Zettel aus dem Mathematikheft noch einmal in die Hand. Hatte er etwas vergessen? Irgendwas nicht bedacht? Er dachte voller Grauen an die letzte Rechenstunde, wo alles daneben gegangen war, nur weil er eine Null vergessen hatte. So waren aus Tausendern, Hunderter geworden und Frau Schlabberschmidt, was seine Rechenlehrerin war, hatte alles rot angestrichen. Wobei es Jan immer noch nicht klar war, weshalb eine Null, die doch eigentlich nichts war, soviel Bedeutung hatte, dass Frau Schlabberschmidt sich aufregte. Als er versuchte, ihr das zu erklären, hatte ihr Gesicht kurzfristig die gleiche Farbe angenommen, wie der dicke Rotstift, den sie in der Hand hielt. Je mehr Gedanken sich Jan um die Rechenstunde der letzten Woche machte, desto übler wurde ihm. Und die Vorstellung, dass in weniger als zwei Stunden der Weihnachtsmann oder sein Onkel oder Werauchimmer an der Tür poltern würde, machte alles nur noch schlimmer. Jan musste plötzlich aufs Klo. Am liebsten hätte er sich hier eingeschlossen und wäre erst im

Neuen Jahr wieder hervor gekommen. Aber was wäre dann mit den vielen Geschenken? Du bist so blass im Gesicht. Ist dir nicht gut?, fragte ihn seine Mutter einige Minuten später sorgenvoll. Jan schüttelte den Kopf und verschwand in seinem Zimmer. Das hatte ihm gerade noch gefehlt. Das sich seine Ma in seine ohnehin schon chaotischen Gedanken einmischte.

Die Zeit bis zur Bescherung war die Hölle. Er zermarterte sein Hirn, kam aber zu keinem brauchbaren Ergebnis. Als sein Bauchgrimmen den Höhepunkt erreicht hatte und er immer noch nicht wusste, was er tun sollte, klopfte sein Papa an die Tür des Kinderzimmers. „Komm in die Stube, Jan, es geht los." Jan hätte sich nun am liebsten unter das Bett gedrückt und sich tot gestellt. Er nahm allen Mut zusammen, leckte sich noch einmal über die trockenen Lippen und schlich ins Wohnzimmer. Als erstes roch er

den Duft der frisch gebackenen Kekse,
schaute auf die flackernden Kerzen des
Weihnachtsbaums und beim Nähertreten
spiegelten sich seine Augen in der großen
Weihnachtskugel gleich neben dem
Schokoengel. Oma fing wie immer an zu
flennen und Opa legte ihr seine runzlige
Hand auf die Schulter. Wie gerne würde er
jetzt auf Opas Schoß sitzen und sich auch
trösten lassen. Denn das, was gleich käme,
war einfach zuviel für ihn. Wieder grimmte
sein Bauch, rumorte es zwischen Blinddarm
und Steißbein. Er wartete auf das Poltern an
der Tür, dass sein Leben verändern sollte.
So jedenfalls stellte Jan es sich vor. Er hielt
die Luft an, presste die Lippen aufeinander
und merkte nicht einmal den Schmerz, als er
sich vor Aufregung auf die Zunge biss.

„Also mein Junge. Mama und ich haben
beschlossen, dir heute die Wahrheit zu

sagen. Du bist alt genug, um zu erfahren, dass es keinen Weihnachtsmann gibt..."

Keinen Weihnachtsmann gibt? Hatte er richtig gehört. Es gibt gar keinen Typen, der mit weißem Bart und roten Mantel auf einem Rentier vom Himmel runter kommt? Alle Aufregung war umsonst gewesen? Alle Wenns und Abers, alle Würdest, Hättest und Könntest waren unnötig gewesen? Kaum zu glauben. Jans Blinddarm lachte wieder, sein Magen hörte auf zu grimmen und auch der Kloß im Hals hatte sich wie durch Zauberhand aufgelöst. Jan war erleichtert. Er musste an keinen Bart ziehen, seinen Freunden keine Heldentaten beweisen und brauchte das Indianerehrenwort nicht brechen. Die Welt war wieder rund. Und als Onkel Rolf mit dem neuen Gameball-Spiel unter dem Arm durch die Tür kam, war das Weihnachtsfest für Jan gelaufen...

# Der Bettler am Straßenrand

**Frieda K., Straßenpassantin:**

Der arme Mann. Dieses scheußliche Wetter muss ihm doch fürchterlich zu schaffen machen. Es regnet in Strömen, und kalt ist es obendrein auch noch. So dünn, wie er angezogen ist, wird er sich noch den Tod holen. Ob er wohl ein Zuhause hat? Wahrscheinlich nicht. Bestimmt schläft er auf einer Parkbank, oder unter den Brücken, wie die Clochards in Paris. Dabei sieht er doch so nett aus, richtig sympathisch. Na ja, mal abgesehen von den zerrissenen Hosen und der geflickten Jacke. Aber woher soll er das Geld für bessere Kleidung nehmen? Er lächelt jedes Mal dankbar, wenn ihm jemand einen Euro in den Hut wirft. Seine Augen sind so sanft und melancholisch. Und seine Hände, so zart und sauber. Er kommt bestimmt aus gutem Hause. Ob er  mal verheiratet war? Ob er Kinder hat? Das Schicksal hat ihm wohl kräftig auf dem Kopf gehauen. Aber er strahlt Zuversicht und gute Laune aus. Er hat für jeden ein Wort des Dankes und er ist stets zuvorkommend. Ein richtiger Gentleman. Er tut mir leid.

**Elvira, seine geschiedene Frau:** Geschieht ihm recht, diesem Lumpen. Soll er sich doch den Arsch abfrieren. Er war immer schon ein Penner gewesen, aber jetzt kann er es nicht mehr verstecken. Lust zum Arbeiten hatte er ja noch nie gehabt. Was war er denn? Ein schäbiger Kassierer bei der Sparkasse. Und was hätte er sein können? Mindestens Leiter der Bank, vielleicht sogar Direktor der Hauptstelle. Dieses Schwein. Keinen Ehrgeiz hatte er, nicht einen Funken. Mein Gott, bin ich froh, ihn endlich los zu sein. Meinetwegen soll er doch verrecken. Ich bekomme sowieso nichts von ihm. Hat er toll eingefädelt, sitzt hier im Dreck, lässt sich vom Sozialamt aushalten und ich bekomme nichts. Keinen einzigen Cent. Bin ich vielleicht an allem Schuld? Wir haben nicht ein einziges Mal Urlaub in der Südsee gemacht, waren nie zum Skilaufen in Zermatt gewesen. Immer nach Mallorca und das auch höchsten immer nur für zwei Wochen im billigsten Hotel. Und das Auto, was wir hatten, eine zehn Jahre alte Familienkutsche, eine Schrottschüssel. Ein Haus hätten wir auch haben können. Aber nein, er war zu faul um Karriere zu machen. Mir reicht es, hat er immer gesagt. Was ich wollte, danach hat er nie gefragt. Meine Freundinnen hatten mehr Glück mit ihren Männern. Die fahren im Sommer zum Surfen und Jetskifahren nach Sylt. Im Winter fahren sie in die nobelsten Schweizer Wintersportorte und amüsieren sich beim Apre Ski. Sie tragen Designer-Klamotten, und nicht diesen billigen Ramsch von C&A. Ich wünsche ihm, dass der Winter richtig kalt wird und ihm sein blödes Grinsen noch vergeht.

**Susanne, die 17jährige Tochter:** Papa ist ein toller Typ. Habe ihn heute wieder besucht. Freue mich jedes Mal, wenn ich ihn sehe. Er ist so freundlich und immer gut drauf. Vor ein paar Monaten hatte ich mich noch für ihn geschämt. Einen Vater zu haben, der am Straßenrand sitzt und bettelt? Das war nicht unbedingt mein Traum. Aber jetzt, jetzt sehe ich das alles anders. Ich kann ihn verstehen. Mutter hat ihn immer nur getrietzt und in irgendeine Ecke geschoben. Sie wollte immer mit ihm angeben. Er sollte mindestens Geschäftsführer sein, in Anzug und Krawatte herumlaufen, und tierisch viel Kohle nach Hause bringen. Ich glaube, sie hat ihn nie wirklich geliebt, sie wollte immer nur gut versorgt sein. Da hat er eben seine

Klamotten zusammengepackt und ist gegangen. Er konnte einfach nicht anders. Mamas Wünsche und Vorstellungen haben ihn tierisch unter Druck gesetzt. Seine eigenen Wünsche musste er immer hintenan stellen. Wenn er mal ein gutes Buch lesen wollte, schrie sie ihn gleich an, er wäre ein Faulenzer. Und wenn er mit mir ins Kino wollte, keifte sie los, das wäre pure Geldverschwendung. Nun ist er weg. Ich glaube, jetzt hat er die Ruhe, die er immer wollte. Ich könnte nicht so leben wie er. Aber ich liebe ihn und freue mich auf morgen, wenn er mir wieder etwas aus seinem Leben erzählt.

**Hermann, der Bettler:** Jetzt bin ich 42 und sitze auf der nassen Straße vor einem Kaufhaus. Ich bin auf die Almosen anderer angewiesen, schlafe im Asyl und fühle mich wohl. Jawohl, ich fühle mich wohl. Endlich bin ich unabhängig von dem ganzen Scheiß. Ich brauche kein Auto, muss nicht nach Mallorca in den Urlaub. Und, was das Wichtigste ist, ich brauche nicht mehr buckeln. Zu Buckeln für eine Gehaltserhöhung, für ein nettes Wort vom Chef oder für die Beförderung. Jesses na, fühl ich mich wohl. Meine Frau ist sauer, was solls, die war immer sauer, egal was ich machte. Immer mehr, immer teurer, immer besser. Ich sollte nur noch funktionieren, wie sie es wollte. Hoffentlich wird unsere Tochter nicht mal so wie sie. Ich wünsche es weder ihr noch mir. Wenn ich die anderen Menschen an mir vorbeihetzen sehe, die Dollarzeichen in den Augen und den Angstschweiß vor der Kündigung auf der Stirn, bin ich froh, nicht mehr zu ihnen zu gehören. Für immer? Ich weiß es nicht. Manchmal habe ich Angst vor der Zukunft, vor der Kälte auf der Straße, den Blicken der Menschen und meinen eigenen Wünschen.

Irgendwann werde ich vielleicht mal wieder einen Job annehmen. Vielleicht als Pförtner oder Bote, auf keinen Fall mehr bei der Bank. Ich freue mich auf morgen, wenn mich Susanne nach der Schule wieder besucht. Mich aus ihren strahlen Augen anblickt und mir einen dicken Kuss zur Begrüßung gibt. Und ich freue mich, ihr ein kleines Weihnachtsgeschenk geben zu können. Eine winzige selbst gehäkelte Puppe, die sie unter ihr Kopfkissen legen und der sie all ihre Sorgen anvertrauen kann.

Vielen Dank an alle Mitwirkenden.

Dem Weihnachtsmann, den Bankräubern,
Safeknacker Jonny, Miki und seinem kranken
Bruder und Herrn Appeldoorn, Gott hab ihn
selig. Auch Sabrina und der Pickel. Der
mutigen Oma Grete, dem kleinen Jan und
der hässlichen Nordmanntanne. Und
natürlich auch der Familie mit dem
brennenden Weihnachtsbaum.

Bibliografische Information der Deutschen Nationalbibliothek:
Die Deutsche Nationalbibliothek verzeichnet diese Publikation
in der Deutschen Nationalbibliografie; detaillierte bibliografische
Daten sind im Internet über dnb.dnb.de abrufbar.

© 2018 Rolf Kremming

Herstellung und Verlag: BoD – Books on Demand, Norderstedt

ISBN 978-3-7481-0198-7